PREMIER CHANT

L'INDÉPENDANCE

AMÉRICAINE

POËME ÉPIQUE, EN VINGT CHANTS

PAR

EUGENE BARRIER

(Go a head !)

Prix des vingt Chants réunis en un seul volume : 5 francs

AGEN

IMPRIMERIE DE PROSPER NOUBEL

M. DCCC. LXIX

L'INDÉPENDANCE AMÉRICAINE

PREMIER CHANT

PREMIER CHANT

L'INDÉPENDANCE
AMÉRICAINE

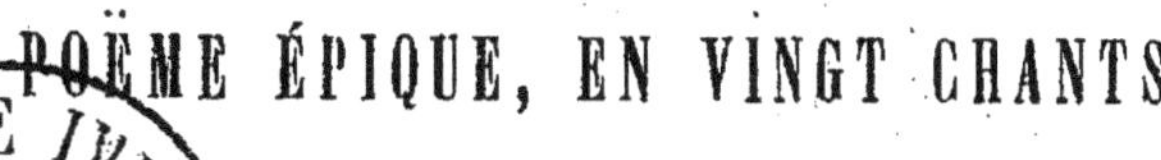
POËME ÉPIQUE, EN VINGT CHANTS

PAR

EUGENE BARRIER

(Go a head !)

AGEN

IMPRIMERIE DE PROSPER NOUBEL

1869

L'INDÉPENDANCE AMÉRICAINE.

PREMIER CHANT.

SOMMAIRE : Objet du Poëme ; — Le Parlement anglais et les Colons d'Amérique en 1774 : — L'Armement de la Flotte anglaise ; — le Tout-Puissant ; — les Colons et l'Impôt ; — Franklin à Londres ; — Le Massachusetts ; — le Congrès ; — Arrivée de la Flotte anglaise à Boston ; — Esprit général de l'Armée anglaise ; — Général Gage et Colonel Pitcairn ; — Le Très-Haut ; — Les Vertus et les Passions ; — La Nuit ; — Bataille de Lexington-Concord.

Je chante les combats et l'homme vertueux
Qui, ferme dans ses plans, habile et courageux,
Délivrant son pays du joug de l'Angleterre,
Fit de libres Etats dont il resta le père :
Tant une juste cause inspire de valeur,
Fait du faible un plus fort, sort le bien du malheur !
Tant fut dur aux Colons le fléau de la guerre !
Tant fut laborieux de rendre américain
Le pays qu'ils avaient défriché de leurs mains !

Muse, quels sont les faits de tant de renommée ?
Redis-moi la valeur digne d'être chantée,
Peins-moi dans ce duel l'orgueilleuse Albion
Et d'elle triomphant le héros Washington ;
Peins-moi tous ses lauriers sur sa tête bénie.

Dans les siècles passés, Homère, sans patrie,
Chantant les maux, les biens, dans ses immortels vers,
Nous a jadis légué des préceptes divers.
O toi, qui lui dictas son ouvrage modèle,
Viens prêter aux accents d'un poétique zèle
L'âme que tu donnais à ses divins discours,
Eclaire mes esprits du feu de ses beaux jours !

Mais qui peut de nos biens retrouver l'origine ?
Qu'ils viennent de nos maux quel mortel s'imagine ?

Trouvant dans le travail et dans de vrais plaisirs
La satisfaction de modestes désirs,
Les humains, nés égaux et moins faits pour la haine
Que pour la tolérance et l'amour qui l'entraîne,
Enclins à dorloter leurs jours si ballotés,
A pallier les maux dont ils sont allaités,
Semblent, preux ennemis des horreurs de la guerre,
Cultiver les bienfaits d'une paix salutaire,
Chercher à prolonger les jours calmes, sereins,
Et songer à fêter le soir des lendemains ;
Mais la soif du Pouvoir et le mauvais usage
Que les souverains font de leur triste apanage,
Sont, pour les nations, pour les sociétés,
Des fléaux, des revers à grands prix écartés,
Quand on veut s'affranchir de ces nœuds d'esclavage
Que les siècles de fer n'y ont accrédités.
Si dans nos actions, pour règle imprescriptible,
Ce précepte divin de tout temps infaillible,
Nous voulions au moins suivre : « à ton prochain en Christ,
« Fais ce que tu voudrais que ton prochain te fit, »
Les peuples jouiraient de paix et de délices ;

Ils ne souffriraient pas d'horribles injustices
Dont le hautain plus fort les abreuve à son choix. (A)

Méprisant du chrétien la fraternelle voix,
Allant du bien au mal, du juste aux infamies,
Les Anglais tourmentaient d'outre-mer colonies
Et suscitaient contre eux des réclamations.
Les colons d'Amérique, en des pétitions,
Revendiquent des droits que sur un sol sauvage
Ils ont eux seuls conquis par leur hardi courage;
Mais l'impérieux Roi, fort dédaigneusement,
Refuse ; autant en fait l'orgueilleux Parlement.

Comme le criminel sait bien cacher ses vices !
Écoutez son aplomb, voyez ses artifices !
Lord Grenville en tribune : « Oui, les Américains,
« Tous Anglais, rejetons transplantés par nos mains,
« Comblés de nos faveurs au sein des plus doux charmes
« D'un pays riche et beau, protégés par nos armes,
« Devenus grands et forts, et peut-être opulents,
« Doivent contribuer, bons et reconnaissants,
« Aux besoins plus nombreux de la mère-patrie... »
Un membre monte alors en tribune et s'écrie :
« Rejetons, dites-vous, transportés par nos soins?..,
« Pour seconder les fleurs de votre rhétorique
« Vous changez simplement les faits pour vos besoins.
« C'est votre oppression sans frein et despotique
« Qui les a transportés sur le sol d'Amérique;
« C'est pour ne pas subir vos trop nombreux impôts,
« C'est pour fuir vos méfaits et votre tyrannie,
« Qu'ils ont au loin choisi l'existence bannie,
« Pour leur société préférant à vos maux

« De barbares Hurons et d'affreux animaux.
« Comblés de vos faveurs? Non; vos faveurs premières
« Par malheur n'ont été que chaînes meurtrières;
« Lorsque vous commenciez à vous occuper d'eux,
« C'était pour leur donner un maître impérieux
« Qui suscita partout de trop justes alarmes.
« Que dites-vous encor? Protégés par vos armes!
» Ils les ont noblement prises pour ce drapeau
« Malgré le faible appui d'un séjour tout nouveau,
« Au milieu d'éléments d'activité naissante.
« Ils ont, en défendant d'une valeur constante
« Le pays qu'assiégeait un sauvage affamé,
« Versé pour vous un sang que l'on n'a pas blâmé,
« Sacrifié cent fois toutes économies
« A l'agrandissement de vos mains ennemies;
« Ennemies, je l'ai dit, car ingrats aujourd'hui,
« Vous voulez opprimer un fraternel autrui. »
Ainsi parla Barré, cœur vraiment juste et noble
Que rien ne désolait si ce n'était l'ignoble.

Après cet orateur, quelques autres Anglais,
Patriotes aussi, en termes chauds et vrais,
Essayèrent, en vain, d'exposer la peinture
Des horreurs des combats d'homicide nature,
Et d'un odieux vote une majorité
Dans la guerre outrageuse a tout précipité. (B)

On presse l'armement dans la Grande-Bretagne,
Il faut que tout soit prêt pour entrer en campagne;
Vingt vaisseaux sont parés contre un faible ennemi;
La puissante Carthage aura, de cœur honni,
Mis en sang l'amitié de sa sœur et compagne;

Mais l'orgueil satisfait du Plutus bienheureux
Aura graissé ses roues d'un impôt onéreux.
Place à cette démocratie
Qui s'est faite aristocratie !

Le vent ne soufflait pas ; l'air semblait dédaigneux
De prêter son concours sans le secours des nues,
Et Celui qui, parmi les grandes étendues,
Soutient, attire et lance, en un ordre parfait,
Les diverses parties du grand tout qu'il a fait,
Attendait quelque chose. Une flotte était prête,
Les chefs regardaient tous au-dessus de leur tête,
Le ciel est inspecté, le baromètre aussi,
Mais leur faible pouvoir s'arrête et reste ici.

« O homme, tu voulus constater bien des choses !
« Scruter dans l'infini bien vainement tu oses !
« Tu peux faire un vaisseau, le lancer sur les mers,
« Aborder sans danger des rivages divers
« Avec le vent de Dieu ; mais, qui ne t'en avise ?
« Tu ne pourras jamais te façonner ta brise !
« Pourquoi ne fais-tu pas aussi ton monde à toi ?
« Pourquoi d'être aussi Dieu ne te sens-tu la foi ?
« Pourquoi ne vas-tu pas quelques mondes conduire
« De façon que chacun ne puisse se *nuire* ?
« Pourquoi ne pas créer quelque brillant soleil ?
« Pourquoi n'en fais-tu pas un plus grand ou pareil ?
« Pourquoi ne répands-tu quelques nouveaux nuages
« Pour plus vite verdir les terres, les rivages ?
« Pourquoi les vents du sud et la brise du nord
« Ne fournis-tu toi-même à ton puissant essor ?
« Pourquoi les jours si courts de ta mourante vie

« Ne revis-tu donc pas exempt de maladie? »
Ainsi ma Muse dit quand mes sens, attentifs
A l'aspect des vaisseaux et des préparatifs,
Attendaient leur départ. « Enfant, » m'ajouta-t-elle,
« Dieu, des Anglais attend la prière usuelle ;
« Il inspire à cette heure à nos Américains
« La force et la valeur pour en venir aux mains.
« Que de sang va couler ! La Très-Haute Sagesse
« Va donner aux mortels d'infime petitesse
« Un exemple de plus de grands enseignements.
« Nous dirons tous les deux tous les événements.
« Ni l'or ni la fierté de la grande Angleterre
« Ne pourraient empêcher tout l'effet salutaire
« Que de la guerre, Dieu, dans ses secrets desseins,
« Versera quelque jour sur ces vaillants cousins.
« Nous dirons ce que peut d'un peuple la vaillance,
« Pour fonder et garder sa chère indépendance ;
« Nous dirons les hauts faits de chacun des Etats ;
« Nous dirons les discours et les brillants combats;
« Nous dirons les hauts faits, les arts et la nature,
« Quelques-uns des bienfaits de leur agriculture,
« Et sur les droits fondées ces institutions
« Qui, libres, survivront aux grandes nations.
« Ecris. Sur le papier, laisse courir ta plume,
« Mais sois vif et pressé, raccourcis et résume;
« Sois seul. (c) »

Le peuple avait dans le Massachusetts
Proposé d'assembler à New-York un congrès,
Afin d'examiner les droits qu'aux colonies
Les Anglais percevaient par taxes infinies ;
Neuf provinces sur treize ont, par leurs députés,

Juré, que les impôts seraient tous rejetés;
Et, la décision y étant exprimée,
La réclamation fut de suite imprimée.
Le Roi conçut alors un grand étonnement
Que partagea beaucoup l'orgueilleux Parlement.
Ils changèrent d'impôts, comme pour satisfaire,
Taxant encor le thé, les couleurs et le verre;
Et ces taxes étant refusées de nouveau,
En exceptant le thé, le Roi les jette à l'eau,
Jurant sur le salut de la grande Angleterre
Qu'aux sujets insoumis il portera la guerre.

Tel du juste un méchant par le front emprunté
Sous un masque trompeur commet l'iniquité.

Le refus des colons à l'impôt de souscrire,
Sans injustice enfin l'on ne saurait proscrire,
Car on sait que jamais l'anglais gouvernement
N'admit d'eux aucun membre au sein du Parlement,
Pour fixer en commun la loi qui se ballote
Et lie à son décret les peuples par un vote.

Des plus beaux sentiments un grand homme animé,
Par ses hautes vertus des colons estimé,
L'Américain Franklin, savant plein de sagesse,
Ame, esprit, œil et cœur plein de délicatesse;
A Londres des colons l'impôt négociait, (D)
Et l'orage approchant, calme, il appréciait.
Il écrit aussitôt à sa terre natale.
Et l'esprit des Anglais en ces mots il signale:
« La superbe Albion, dans son haut Parlement,
« S'écrie par la voie du fameux soldat Grant:

« Je voudrais traverser cette contrée immense
« Avec cinq régiments d'ordinaire vaillance
« Et devant moi chasser, au Sud, au Nord, partout,
« Tous les gens du pays de l'un à l'autre bout. »
« Ainsi la passion trop souvent les conseille,
« Et leur aveuglement d'une couleur vermeille
« Dore tous leurs projets, dit-il. »

Si la vertu
Les cœurs durs des Anglais émouvoir avait pu,
C'était bien aux effets de sa haute éloquence
Que leur erreur eût dû toute reconnaissance ;
Mais la flotte est partie, et le sort est jeté,
L'Anglais ne cède pas son impôt sur le thé.

Ivre d'un sot orgueil, ainsi l'espèce humaine
Souilla jadis de sang les mânes d'une Reine,
Et conduits à la mort par de célèbres Rois,
Les aveugles humains méconnaissaient leurs droits,
Et, fous, s'entretuaient dans leur folie altière !

Cent fois tristes effets d'une sanglante guerre,
Qui frapperaient d'horreur l'honnête humanité,
Si, conduit quelquefois par la nécessité,
Il ne fallait d'un Roi l'ambition combattre
Et l'orgueil souverain dans le néant rabattre !
Ah ! quand donc verra-t-on en tous lieux les humains
Sagement gouvernant leurs États de leurs mains,
Modifier des Rois la cruelle folie,
Chasser les conquérants aux temps de barbarie,
Et par un prompt accord de mêmes intérêts
Lancer, dans leur grandeur, d'indomptables arrêts !

Parmi les opposants des États d'Amérique
Le preux Massachusetts fut surtout énergique;
Il put de forts Bretons la colère acérer,
Et les plus durs effets d'une loi despotique
Contre ses magistrats sans regret s'attirer.
Le décret stipula qu'aux fonds de leur salaire
Les colons cesseraient d'à jamais satisfaire,
Et que le Roi paierait de son argent lointain,
Faisant dépendre ainsi d'un monarque hautain
Des officiers épris de leur indépendance.
Encore une autre loi vint à leur connaissance,
Loi qui niait le droit d'États Provinciaux,
Enlevait aux jurés l'objet des tribunaux,
En ordonnant qu'au sein de la juste Angleterre
L'accusé transporté par quelque commissaire
Serait jugé. Quelque autre avait fermé Boston;
La Douane du port dans sa précaution
Elle enlevait. Salem, à vingt milles de plage,
Étonnée à bon droit, recevait l'héritage.

Mais, formant aussitôt une association
Pour repousser en sœurs pareille oppression,
Les Provinces alors, par un lien unies,
Conçurent un faisceau de treize colonies. (E)

Cependant les Anglais très-puissants sur les eaux,
S'avançant à pas lents sur de nombreux vaisseaux;
Aux flots de leur valeur, pour opposer des digues,
Il faudra de la guerre essuyer les fatigues.
Le temps presse. Un congrès, d'une voix par État,
S'assemble, délibère et, d'un honteux combat
Désirant éviter la suite intempestive,

Recommande aux colons la simple défensive,
Tous ils sont pour *Freedom*, en tous lieux absolus,
La force par la force à battre résolus;
Et ce faible pays, mais où tout est vivace,
Où l'homme ne veut pas connaître la menace,
Arme de tous côtés (F). Cependant on pensa,
Chacun de cet espoir doucement se berça,
Que ceux que l'on pouvait des frères appeler
A verser un sang cher, pourraient bien reculer,
Et que, serrant leurs nœuds par un peu d'indulgence,
Tous pourraient approuver l'auguste tolérance.

Alors que le Soleil nous fait des jours égaux,
Vers Boston s'avançait la flotte des vaisseaux.
La Nuit fuyant de l'Est au-devant des navires,
A l'Ouest allait s'étendre au-dessus des Empires,
Par elle disputés au bienfaisant soleil.
Dans l'horizon, enfin, l'on pouvait plonger l'œil,
Chercher, fixer la place où ciel et mer, il semble,
Ont voulu se confondre et se noyer ensemble.
Terre! a dit le marin; l'officier dit Boston!
Puis le temps marqua six, et, dans l'est-horizon
Le soleil, l'œil de Dieu, se montra par derrière.
Une brise sud-est secondait l'Angleterre,
Et, pendant que Boston à leurs yeux grandissait,
Sur le dos des Anglais le soleil s'élevait.

Leur esprit général, sans pourtant qu'on les raille,
Semble moins qu'on ne pense enclin à la bataille,
Du plus haut officier au plus simple soldat
Le moins à quoi l'on pense est le futur combat.
Avec luxe complet chacun fait sa toilette;

Le flot salé plus court à tous leurs vœux se prête ;
Dans l'ondulation d'un doux balancement,
La barbe, dont nature au mâle fit présent,
Tombe sous le rasoir que tient la main plus sûre
D'une femme à chacun complétant la figure.
Victime de ses us, l'Anglais efféminé,
D'avoir un beau dehors put s'être imaginé ;
Tous semblent pleins, enfin, d'orgueil ou de folie,
De joies et de plaisirs rêver une partie.

Dans la rade en entrant, rien n'est précipité ;
Un corps assez nombreux, sans être molesté,
Fut descendu sur l'isthme. Ici l'anglaise troupe
Construit quelques créneaux, fortifie et se groupe ;
Ce par quoi plus on brille est plutôt la lenteur
Et la mollesse aussi qu'une vaillante ardeur.

Le commandant pourtant saisit dans plusieurs villes
Des dépôts que gardaient quelques âmes serviles
Et les fit transporter près de lui dans Boston.
Mais lorsque de l'hiver arriva la saison,
Son armée étendue afin de circonscrire
Et des forts ça et là pour promptement construire,
Il somma, l'or en main, trois de ses officiers
D'engager du pays un nombre d'ouvriers.
L'intimidation, ni l'argent dont il use,
Rien ne dompt les maçons et chacun d'eux refuse.
Sans accident fâcheux tout l'hiver s'écoula,
Aucun pressant danger les colons n'accabla.

Sitôt que la rigueur d'une intense froidure
Cessant de prolonger le deuil de la nature

Prit, au dix-huit avril, son chemin vers le Nord,
Gage (G) sort du sommeil son grand état-major.
L'activité commence à devenir plus grande ;
Auprès du général tout s'agite, il commande;
On va fondre à la fin sur le Massachusetts ;
Mais on ignore encor les clandestins projets.

La Nuit venait à peine, avec son voile sombre,
D'envelopper Boston d'une insidieuse ombre,
Gage, au major Pitcairn donne un commandement,
Et de huit cents soldats faisant l'embarquement,
La rivière au nom Charle en silence est passée ;
La troupe se répand sur la rive opposée,
Se tait, se masse, avance et leur direction
Indique qu'ils font tous route pour Lexington.
D'un départ si subit, la fin mystérieuse
Surprend ex abrupto la masse curieuse.
Du général suivant les deux instructions,
La troupe a pour deux jours vivres, munitions.
Pourquoi départ si prompt? consigne si sévère?
Et la marche réglée aussitôt s'accélère.

Pitcairn, pour accomplir l'ordre du général,
Doit aller à Concord d'un pas vif sans égal.
Partout les forces insurgées
Seront devant lui dispersées,
Les munitions amassées
Sous ses propres yeux il noiera;
A Lexington, de son passage
Il devra tirer avantage,
D'Hancock et d'Adams comme ôtage (H)
Tout d'abord il s'emparera.

Mais de l'amour sacré de leur chère patrie
De nombreux citoyens ont leur âme remplie ;
Faibles pour repousser un ennemi puissant,
Tout conspire chez eux d'un courage croissant.
Des milliers de fusils peuvent chercher victoire,
Mais contre eux la moitié peut se couvrir de gloire ;
La valeur n'attend pas, dans de vaillants combats,
Que le succès revienne au nombre des soldats !
Ainsi, dès que sir Gage, à la faveur de l'ombre,
Eut fait de ses soldats partir un certain nombre,
L'œil du docteur Warren (1) suivait le général,
Voyait, observait tout, répandait son signal.

Et sur les clochers de la ville
De distance en distance il brille
Une lumière qui pétille
Et signale au loin le départ ;
Les campagnes sont averties,
Les calamités pressenties,
Les nouvelles sont réparties,
La milice doit son rempart.
Au reçu de cette nouvelle,
La cloche au loin chacun réveille,
A ce bruit le canon se mêle,
Donne l'alarme aux citoyens ;
Sous l'épaule l'arme passée,
Chacun d'eux saisit son épée,
Met la famille entre ses mains.

Jusqu'à cent milles de la plage
La nuit voit, de chaque village,
Sortir, pour bloquer le passage,

Nombre d'improvisés soldats ;
Il n'y a plus chez eux de doute,
La mort aucun d'eux ne redoute,
Tous prêts à disputer la route
A l'Anglais dans de preux combats.

Ainsi, dans la moderne France,
En février, plein de vaillance,
Le peuple dans les rues s'élance
Contre ses soldats et son Roi ;
Il prend en main la République,
Balaie un ordre monarchique,
Et glorieux il revendique
L'exercice entier de son droit.

Cependant, parcourant des chemins plus faciles;
Pitcairn franchit bientôt deux, trois et quatre milles.

Si le Massachusetts on excepte pourtant,
Tout était calme alors dans le nord continent.
Le sommeil gouvernait dans chacune des villes
Versant le doux repos dans toutes les familles.
En Angleterre aussi le sommeil dominait ;
Albion agitée entr'ouvrant l'œil dormait.
Là, le soleil tardif ne brillait pas encore,
L'horizon s'emplissait des teintes de l'aurore.
Tout était calme aussi dans l'espace et le ciel,
Et du haut de ce trône où siége l'Éternel,
Rien ne semblait venir pour gouverner sur terre
Près d'un milliard d'humains très-malins à la guerre.
Bienfaisantes vertus, mauvaises passions,
Toutes au pied du trône en génuflexions,

Toutes, en confessant leur horreur pour les vices,
A la Toute-Puissance offraient des sacrifices,
Toutes entremêlées dans un commun lien
Pleuraient et soupiraient en ne songeant qu'au bien.
Mais cet accouplement dur à chacune d'elles,
Leur votait chaque jour des couronnes nouvelles.
L'empressement de l'une une autre étudiait,
La sagesse de l'autre une autre jalousait.
Si parfois la tendresse était rigueur à l'une,
La tolérance était le lien de chacune;
A celle-ci le mal est bien pour celle-là;
Enfin, toutes en fond, moins l'orgueil, étaient là.
Ainsi du Tout-Puissant la sagesse infinie
Mêle les biens aux maux de notre courte vie.

Mais l'éternelle Nuit qui ne sommeille pas,
Qui voyage toujours d'un ferme et même pas,
Qui du long poids des ans ne sent pas la souffrance
Et garde fort longtemps le plus complet silence
Sur l'État qui toujours fut fidèle à ses lois,
Fit entendre en ces mots sa solennelle voix :
« Pourquoi, dit-elle, vois-je en ces lieux si tranquilles
« Des guerriers s'avancer pour ravager des villes,
« Et, prêts à soutenir les plus honteux desseins,
« Dans un sang fraternel penser plonger leurs mains?
« Assez et trop longtemps non loin de ces murailles
« L'écho pendant sept ans m'annonça des batailles !
« Au moins mon calme règne attristé rarement
« Connut à peine alors un tel déréglement.
« Les rayons complaisants de mon auguste frère
« Seuls ont toujours été les témoins de la guerre;
« Et, si j'en crois encor l'écho dans ses accents,

« Les Troyens et les Grecs, les Romains et les Francs,
« Choisissaient, pour tenter leur vaillante offensive,
« Le milieu des grands jours de leur rage excessive.
« Non, fiers Anglo-Saxons, je ne souffrirai pas
« Qu'on vienne désoler ces tranquilles Etats...
« Arrêtez !.. De quel droit, dans mon auguste empire,
« Venez vous étancher votre sanglant délire ?
« Aux vœux de l'Eternel, ici vous rangez-vous ?
« Car un vœu du Très-Haut est un ordre pour nous !
« A-t-il, dans les conseils de sa haute sagesse,
« Voulu, mes bons sujets accabler de tristesse ?
« Et sa justice a-t-elle ordonné, dans son tort,
« Pour vous, un homicide et pour eux une mort ?
« Ou l'orgueil qui vous pousse et qui tout vous anime,
« Ne pousserait-il pas l'Anglais de crime en crime ?
« Si j'en crois le Très-Haut, ceux que l'orgueil arma,
« L'humiliation plus tard désarmera.
« Cependant, arrêtez votre marche funeste,
« Ne souillez pas l'honneur de votre rouge veste,
« Refusez d'accomplir de coupables projets
« Et n'allez pas plus loin. Songez à mes décrets...
« Plus de dix millions de modèles années
« N'aurai-je donc vécu que pour les voir fanées,
« Flétries et outragées ! Et par qui ? des Anglais !...
« Si d'impuissants pouvoirs par malheur je n'avais !..
« O Très-Haut, qui de tous exaucez la prière,
« Humiliez l'Anglais dans sa folie altière !
« Ecartez de mes yeux et le bruit et le sang
« Jusqu'alors inconnus dans ce pays naissant !
« Si, jusqu'ici, toujours versant sur la contrée
« L'accoutumé bienfait de ma douce rosée ;
« Si, suivant en tous points vos éternelles lois,

« N'outrepassant jamais le pouvoir de mes droits,
« A vos desseins j'ai su me ranger avec gloire ;
« Si ma vie à vos yeux peut être méritoire,
« Accueillez ma prière !... Ils ont le fer en main ! !
« De leur chef à leur tête on voit l'œil inhumain ! !
« Leur démarche est guerrière et leur aspect terrible ! !
« Grand Dieu ! Va-t-on commettre encor un drame horrible ?
« La Saint-Barthélemy va-t-on renouveler ?
« Par quelque horreur encor va-t-on se signaler ? »

La Nuit dit, et l'écho sur le champ qu'elle appelle
Est enjoint d'obéir aux vœux dictés par elle.
Des cloches aussitôt l'écho répand le son,
Joignant le bruit lointain du terrible canon.

D'abord muet au bruit qui frappe son oreille,
Pitcairn témoigne à tous surprise sans pareille.
Des *espions* nombreux il dépêche en avant,
Fait partir pour sir Gage un rapport alarmant
Et demande un secours suivant lui nécessaire...
D'un pas lugubre et lent la troupe mercenaire
Chemina jusqu'au jour.

Mais la témérité
Tiendra-t-elle aux colons lieu de sécurité ?
Où sont les éléments de leur artillerie ?
L'on n'aperçoit au loin aucune batterie !
Où sont les officiers, majors et généraux ?
Où sont leurs bastions, leurs forts et leurs créneaux ?
Où sont les corps savants du précieux génie ?
Où sont les escadrons de leur cavalerie ?
Où sont les grenadiers ? où sont les voltigeurs ?

Sans trompette en avant, où sont les tirailleurs ?
Rien n'est prêt pour marcher en bataille rangée ;
Pitcairn pousse le flot de sa petite armée.

Bientôt sur le chemin ses anglais bataillons
Rencontrent des Yankees en petits pelotons.
« Dispersez-vous ! » dit-il, « dispersez-vous, » rebelles !
Les colons font silence à ce mot de « rebelles. »
« Dispersez-vous, vous dis-je ! » et son commandement
Enjoint à ses soldats de marcher en avant.
« Feu, » dit-il ; et le cœur de chacun d'eux palpite,
Et l'immobilité fait bien voir qu'on hésite.
Le colonel cria : « Pas de charge, en avant ! »
Et ses deux pistolets il décharge à l'instant...
Les soldats ont tiré... les trèves sont finies...
Trois rangs de vingt fusils dans treize compagnies
Ont lancé tour à tour avec rapidité
Le feu, le plomb, la mort !... quelle vélocité !
En terre, au premier rang, sur un genou s'affaisse,
Le second, à moitié, légèrement se baisse,
Le troisième est debout. Ils ont lancé leurs feux,
Puis tous par le flanc droit ont filé deux par deux.
Chaque autre compagnie avance au pas de charge,
S'arrête, épaule, ajuste et ses armes décharge.
Une autre suit de près... Chacune, en défilant,
Recharge le fusil, au pas, tambour battant,
Et, gagnant chaque fois du terrain sur la route,
L'ennemi doit tomber et s'enfuir en déroute.
Pareil à son passage au terrible ouragan,
Plus gagnant de terrain, plus de dégâts causant,
Pitcairn, fougueux et fort, continue et s'avance,
Annihilant partout le nombre et la vaillance.

Contre telle tempête à quoi bon se jeter?
Contre un tel ennemi comment peut-on lutter?
Les colons survivants à cette fusillade
Se replient dans les bois, font une palissade.

A Concord arrivé, Pitcairn prend des caissons,
Les noie, encloue aussi quelques-uns des canons.

Mais autour des Anglais l'ennemi se condense,
Promptement se prépare à former résistance.
Et comme après le flux le reflux vient très-fort,
Comme après vents du sud viennent les vents du nord,
Comme vient le beau jour après la nuit obscure
Ranimant de ses feux la mourante nature,
Les colons, accourus de différents côtés,
Cernent habilement les Anglais redoutés.

Pitcairn ne contient plus sa rage,
Il crée à ses soldats passage,
Les animant tous de courage
Il veut les ramener au camp;
Mais sur ses deux flancs le rebelle
Le long du chemin s'amoncèle,
Les balles drues comme grêle
Portent la mort dans chaque rang!

L'Anglais battu s'enfuit en masse;
Mais, devant quelque endroit qu'il passe,

Arbre, maison, mur ou crevasse,
Le tireur abat les fuyards !
Horrible et sanglante bataille !
Entre cette double muraille,
Qui crachait, croisait la mitraille,
Sont des Anglais les étendards ! (J)

FIN DU PREMIER CHANT.

NOTES DU PREMIER CHANT.

A

Dont le hautain plus fort les abreuve à son choix.

Depuis la proposition de lord Grenville, 10 mars 1764, de reporter sur les colonies une portion des charges que l'Angleterre trouvait trop lourdes, jusqu'au congrès de Philadelphie, septembre 1774, les rapports de l'Angleterre avec les colons ont été aigres, animés de la part des Anglais des sentiments de l'injustice et de l'entêtement du Roi, et, de la part des colons, animés des sentiments de résistance à l'oppression.

La maxime fondamentale des libertés britanniques était qu'un sujet anglais ne devait pas être taxé sans son consentement.

De là, résistance... *Ab uno disce omnes...*

Mars 1765, acte de l'impôt du timbre.

Mars 1766, abrogation de cet acte, mais le parlement proclame, en même temps, dans un acte déclaratif (declaratory act) que ses décrets « liaient les colonies pour tous les cas, quels qu'ils fussent » (in all cases rohatsoever.)

Juin 1767, loi de douane établissant des droits sur le thé, le verre, le papier, etc , etc.

De 1767 à 1774, se forment des ligues patriotiques contre la consommation des marchandises anglaises et l'exportation des produits américains.

Ce fut de Boston que partirent les premiers élans vers l'indépendance ; ce furent les habitants de Boston qui, soulevés et persécutés les premiers, enflammèrent l'enthousiasme des Américains par le spectacle de leur courage et de leurs malheurs ; mais ce furent les assemblées de Virginie qui proposèrent, 25 mai 1774, tout d'abord la réunion d'un congrès général. Washington, dès les premières attaques contre les droits des colonies, s'était élevé avec force contre des prétentions qui lui semblaient « odieuses et inconstitutionnelles», et il s'était rangé parmi les défenseurs les plus résolus et les plus modérés des libertés américaines : « Personne, disait-il, ne doit hésiter un instant à employer les armes pour défendre des intérêts aussi précieux et aussi saints. (Wash., writ., t. II, p. 351.)

En juillet 1774, Washington disait encore : « Je n'attends plus « rien des pétitions au Roi et je les combattrais si elles devaient « suspendre l'exécution du pacte de non-importation. Aussi « vrai que j'existe, il n'y a de soulagement à attendre pour « nous que de la détresse de la Grande-Bretagne. Je crois, ou « du moins j'espère, qu'il nous reste assez de vertu publique « pour nous refuser tout, sauf les nécessités de la vie, afin d'obtenir justice. Ceci, nous avons le droit de le faire, et nul pou- « voir sur la terre ne peut nous contraindre à changer de con- « duite, avant de nous avoir réduits à l'esclavage le plus abject. » (Wash., writ., t. II, p. 390.)

Le congrès continental devait se réunir à Philadelphie, le 4 septembre 1774, Washington allait s'y rendre comme député de la Virginie, et le 24 août 1774, il écrivait à Bryan-Fairfax un de ses amis : « Je n'ai pas la prétention d'indiquer exactement « quelle ligne il faudra tirer entre la Grande-Bretagne et les « colonies : mais c'est bien décidément mon avis qu'il faut en « tirer une, et assurer définitivement nos droits. » (Wash., writ., t. III, p. 398.)

Le 2 septembre 1774, John Adams, qui venait d'arriver à Philadelphie pour représenter le Massachusetts dans le congrès, écrivait dans son journal : « Ces *gentlemen* de Virginie m'ont « l'air d'être de tous les plus ardents et les plus fermes... On « nous dit que le colonel Washington a fait, dans la Convention « de Virginie, le plus beau discours qu'on ait jamais entendu :

« Je lèverai mille hommes, s'est-il écrié, je les entretiendrai à « mes frais et je marcherai à leur tête au secours de Boston. » (Works et John Adams, t. II, p. 360, 362). Washington ne prononça peut-être jamais ces mots ; mais ils sont un indice frappant des sentiments que lui attribuait le bruit public et l'importance qu'on attachait déjà à ses paroles.

Le 14 octobre 1774, le congrès continental fait sa déclaration des droits contenant les dix fameuses résolutions, et le 24 octobre 1774 vote et signe l'acte de non-importation.

Il n'est pas hors de propos de donner ici la liste des provinces et de leur premiers patriotes.

New-Hamshire............	Peyton Randolph, *président*. John Sullivan. Nathaniel Falsom.
Massachusetts-Bay..........	Thomas Cushing. Samuel Adams. John Adams. Robert Treat Paine.
Rode-Island..............	Stephen Hapkins. Samuel Ward.
Connecticut	Eliphalet Dyer. Roger Sherman. Klas Deane.
New-York...............	Isaac Low. John Alsop. Joh Jay. James Duane. William Floyd. Henri Wisner. S. Boerum. Philip Livingston.

New-Jersey..............	James Kinsey. William Livingston. Stephen Crane. Richard Smith. John de Hart.
Pennsylvania..............	Joseph Galloway. John Dickinson. Charles Humphreys. Thomas Mifflin. Edouard Biddle. John Morton. George Ross.
New-Castle..............	Cœsar Rodney. Thomas M'Kean. George Read.
Maryland..................	Mathew Tilghman. Thomas Johnson. William Paca. Samuel Chase.
Virginia..................	Richard Henry Lee. George Washington. P. Henry J[n]. Richard Bland. Benjamin Harrisson. Edmond Pendloton.
North-Carolina..........	William Hooper. Joseph Hewes. R. Caswel.

	Henry Middleton.
	Thomas Lynch.
SOUTH-CAROLINA............	Christophen Gadsden.
	John Kutledge.
	Edward Rutledge,

Avant de se séparer, 26 octobre 1774, ils votèrent la réunion d'un second congrès pour le 16 mai 1775. Mais les Anglais ne devaient pas attendre cette époque avant de commencer les hostilités.

B

Et d'un odieux vote une majorité
Dans la guerre orageuse a tout précipité.

On n'a pas eu l'intention de faire un livre d'histoire et on ne s'est pas astreint toujours à l'exactitude des faits historiques. La note A a donné quelques détails et quelques dates des événements qui ont précédé cette fameuse guerre dans laquelle l'Angleterre espérait si bien trouver bon marché de l'éloignement des colons les uns des autres et de la division qu'elle songeait à semer parmi eux.

C

Mais sois vif et pressé, raccourcis et résume,
Sois seul.....

C'est le privilége de la poésie épique de créer des personnages ; c'est même ce qui, dans l'invention, en constitue le difficile et le charme.

Il est facile de sentir qu'il était plus convenable que la preuve de Dieu fût dans la bouche d'un personnage ennobli de la déification que dans celle du poète. L'auteur n'a pas voulu se rendre aux amicales observations qui lui avaient été faites à ce sujet. Il était également rationnel que ce fut la même personne qui dît au parti ce qui se passait chez les colons américains quand il pensait aux Anglais, et qu'elle lui parlât de l'avenir et de ce qui se passerait de grand.

D

L'américain Franklin, savant plein de sagesse,
Ame, esprit, œil et cœur pleins de délicatesse,
A Londres, des colons, l'impôt négociait.

On a été assez heureux pour pouvoir renfermer en un seul vers les qualités principales du grand homme et pour dire beaucoup en peu de mots.

A cette époque, le Dr Franklin était effectivement en Angleterre, mais il ne négociait encore que les affaires de quelques habitants du Massachusetts, sa province natale. Il avait été également chargé par l'assemblée de cette province de présenter une pétition au gouvernement; il fit tout en son pouvoir pour faire rendre à ses compatriotes la justice qui leur était due ; les mauvais traitements qu'il reçut excitèrent l'indignation générale des colons *(Vie de Washington.)*

..... Quelque autre avait fermé Boston.

L'acte du parlement qui fermait le port de Boston est du 1er juin 1774.

E

Conçurent un faisceau de treize colonies,

Il est question ici du congrès continental du 4 septembre 1774, auquel la Georgie ne se fit pas représenter.

F

Et ce faible pays, mais où tout est vivace,
Où l'homme ne veut pas connaître la menace,
Arme de tous côtés.....

Pendant que le congrès continental se rassemblait et siégeait à Philadelphie, septembre 1774, tout le Massachusetts, qui était le principal théâtre des événements et qui renfermait l'opposition tumultueuse et populaire du Nord, était en émoi. Il n'y avait pas chez eux une entière défiance envers le congrès continental, mais le sentiment pressant de leur conservation personnelle et du maintien de leurs libertés les tenait sur le qui vive.

Tous les comtés du Massachusetts s'assemblaient en Convention révolutionnaire :

LES COMTÉS DE

Suffolk.... le	7 sept.	1774	Joseph Warren,	*président.*
Middlesex.	30 août	»	Hon. James Prescott,	—
Essex.....	6 sept.	»	Jeremiah Lee,	—
Hampshire	22 »	»	Timothy Danielson,	—
Plymouth.	26 »	»	Hon. James Warren,	—
Bristol.....	28 »	»	Zephaniah Léonard,	—
Worcester	9 août	»	William Young,	—
Berkshire.	6 juill.	»	John Ashley,	—
Cumberland	21 sept.	»	Hon. Enveh Fresman.	—

Telle fut la justifiable émotion des patriotes à la vue des retranchements et des fortifications que le gouverneur, capitaine-général de la province faisait élever à Boston-Neck, que tous ces comtés réunirent un grand nombre de citoyens dans leurs conventions. Les adresses au gouverneur, les considérants, les résolutions, les appels à la défense de leurs droits d'une part, et de l'autre à la revendication de leurs libertés civiles et religieuses (la charte du Massachusetts avait été brisée en juin 1774). Tous les moyens se succèdent chez les patriotes ; des comités de salut public sont organisés ; des résolutions, discutées paragraphe par paragraphe et unanimement adoptées, tendent à faire cesser immédiatement la centralisation ; un gouvernement va s'établir en face d'un autre gouvernement ; chaque Convention recommande aux officiers publics des comités, aux receveurs particuliers, de cesser de verser le montant des taxes à la caisse du receveur-général de la province, M. Harrison Gray.

Dans le comté de Worcester, la Convention engage le peuple à veiller au salut public, et le peuple répond par une réunion immédiate de 6,000 hommes qui arrivent tous formés en compagnies, des officiers de leur choix en tête, et marchant en ordre militaire.

Dans une dépêche officielle du général Gage au comité de Darmouth, en date de Salem, 27 août 1774, il est facile de voir que les nouvelles de mouvement de troupes n'étaient que bien réelles, il dit : « By the plan lately adopted forcible opposition and vio- « lence is to be transferred from the town of Boston to the come- « try. » Ce qui répond à peu près à dire : L'état de siége de Boston s'étendra dans toute la province.

Dans une autre dépêche officielle du même au même, en date du 2 septembre, Salem, il dit « qu'il a été à Salem pour assister « à l'ouverture de la cour supérieure et avec l'intention d'en- « voyer un corps de troupes à Worcester pour y protéger la « cour de cette ville, etc., etc. »

Ainsi, d'un côté les officiers de la Grande-Bretagne font bloquer le port de Boston, prennent toutes les mesures imaginables pour forcer l'exécution de l'acte inconstitutionnel du parlement anglais relativement à l'administration de la justice dans la province, et d'un autre côté, le peuple maintenant ses anciens droits, songe à administrer sa justice lui-même. Pour ne citer que le comté de Worcester, nous avons sous les yeux une lettre collective d'officiers de justice en date de Worcester, 6 septembre 1774, adressée à la Convention de ladite ville et signée par 25 officiers publics, qui s'engagent tous à ne pas mettre à exécution l'acte inconstitutionnel du parlement anglais.

Plus les événements qui terminent une guerre sont grands et importants, plus il est intéressant d'assister au prélude des combats, et plus il est nécessaire aussi de connaître les différentes causes qui y ont précipité toute une population.

L'espace ne nous permet pas de donner dans ces notes, qui n'ont pas la prétention de faire ici l'histoire des événements qui ont précédé la guerre, tous les détails qui pourraient intéresser le lecteur, les admirables considérants et les mémorables résolutions des conventions du Massachusetts. Un autre ouvrage ou recueil est destiné à combler dans quelque temps cette lacune et à donner en prose française les plus nobles pages peut-être de l'histoire des colonies américaines.

Il est impossible cependant pour l'intelligence des faits historiques et pour la vérité qu'on doit aux événements de ne pas faire mention ici du premier congrès provincial du Massachusetts qui se réunit successivement :

A Salem, le 7 octobre 1774, 90 membres présents ; Hon. Hancock, président, Benjamin Lincoln, secretaire ;

A Concord, du 11 au 14 octobre, 280 membres présents ;

A Cambridge, du 17 au 29 octobre, 280 membres présents,

Ajourne jusqu'au 23 octobre et se réunit alors et siége jusqu'au 10 décembre.

Ce congrès provincial nomme un comité qui fait une adresse et des représentations au gouverneur Gage ; suit l'impulsion des conventions populaires et commence la décentralisation du gouvernement du gouverneur ; nomme un comité de l'armée, un comité de défense et de salut public ; passe des résolutions contre les officiers publics de Boston ; adopte les résolutions pour la nonconsommation des marchandises anglaises ; s'assure la formation de magasins de réserve de poudre, d'armes et de munitions à la valeur de liv. sterl. 28,837 0.0, soit schel. 104,185, soit francs 520,925, etc., etc.

Alors les révolutionnaires avaient pris le pouvoirs. Les comités s'étaient dit : Le peuple c'est nous, le pouvoir vient du peuple ; nos gouvernants nous abusent, nous trompent, nous trahissent : gouvernons-nous.

Il est évident que l'indépendance des colonies est due à l'esprit patriotique des colons du Massachusetts qui, en donnant les premiers l'exemple de la résistance aux iniquités de la fière Albion de Georges III, ont mis en mouvement un char révolutionnaire qui, passant dans les rangs des différentes provinces avec le drapeau de l'indépendance, a entraîné avec lui dans le chemin des libertés du progrès et de la civilisation les populations de frères et d'amis.

Pour cette raison, le lecteur ne sera peut-être pas fâché de trouver ici les noms des 280 célèbres députés qui ont commencé le mouvement et ont laissé une mémoire qui est vénérée par les bons citoyens. Nous donnons cette liste que nous avons pu trouver dans le Journal des travaux du premier congrès provincial de Massachusetts-Bay.

COMTÉ DE SUFFOLK.

Boston.......... Hon. Thomas Cushing, esq.; M. Samuel Adams; Hon. John Hanevek, esq.; doct. Joseph Warren; doct. Benjamin Church; M. Nathaniel Appleton.

Roxbury......... Capt. William Heath; M. Aaron Davis.

Dorchester....... Capt. Samuel Robinson.

Milton........... Capt. David Rawson; M. James Boice.

Braintree........ Ebenezer Thayer, esq.: M. Joseph Palmer; John Adams, esq.

Weymouth....... M. Nathaniel Bailey.

Hingham......... Benjamin Lincoln, esb.

Cohasset......... M. Isaac Lincoln.

Dedham......... Hon. Samuel Dexter, esq.; M. Abner Ellis.

Medfield......... M. Moses Bullen; Capt. Seth Clark.

Wrentham....... M. Jabez Fisher; M. Semuel Kollack.

Brookline........ Capt. Benjamin White; William Thompson, esq.; M. John Goddard;

Stanghton and *Stan Stonghtonham* (que la législature changea ensuite le 25 février 1783 et appela *Sharon*); M. Thomas Crane; M. John Withington; M. Job Surft.

Walpole......... M. Enoch Ellis,

Medway......... Capt. Jonathan Adams.

Needham........ Capt. Eleazer Kingbury.

Bellingham...... M. Luke Holbrook.

Hull............. (personne).

Chelsa........... M. Samuel Watts.

COMTÉ D'ESSEX.

Salem........... M. John Pickering, jun.; M. Jonathan Rapes, jun.
Danvers......... Doct. Samuel Hollen.
Ipswich......... Capt. Michael Farley ; M. Daniel Noyes.
Newbury......... Hon. Joseph Gerrish, esq.
Newburyport..... Capt. Jonathan Greenleaf.
Marblehead...... Jeremiah Lee, esq ; Azor Orne, esq.; M. Elbridge Gerry.
Lynn............ Ebenezer Burrill, esq.; Capt. John Mansfield.
Andwer.......... M. Moody Bridges.
Beverly......... Capt. Josiah Batchelder.
Rowley.......... M. Nathaniel Mighill.
Salisbury........ M. Samuel Smith.
Haverhill........ Samuel White, esq.; M. Joseph Haynes.
Gloucester....... Capt. Peter Caffin.
Topsfield........ Capt. Samuel Smith.
Boxford.......... Aaron Wood, esq.
Amesbury........ Isaac Merrill, esq.
Bradford......... Capt. Daniel Thurston.
Wenham.......... M. Benjamin Fairfield.
Manchester....... M. Andrew Woodbury.
Methuen......... M. James Ingles.
Middleton........ Capt. Archelaus Fuller.

COMTÉ DE MIDDLESEX.

Cambridge....... Hon. John Winthrop, esq.; cap. Thomas Gardner; M. Abraham Watson; M. Francis Dana.
Charlestown..... M. Nathaniel Gorham ; M. Richard Devens ; Doct. Isaac Foster ; David Cheever, esq.

Watertown.......... Capt. Jonathan Brown ; M. John Remington ; M. Samuel Fisk.

Woburn.......... M. Samuel Wyman.

Concord.......... Capt. James Barrett ; M. Samuel Whitney ; M. Ephraïm Wood, jun.

Newton.......... Abraham Fuller, esq.; M. John Pigeon ; M. Edward Durant.

Reading.......... M. John Temple ; M. Benjamin Brown.

Malborough..... M. Peter Bent ; M. Edward Barnes ; M. George Brigham.

Billerica.......... William Stickney, esq. ; M. Ebenezer Bridge.

Franingham..... Joseph Haven, esq.; M. William Brown ; Capt. Josiah Stone.

Lexington.......... M. Jonas Stone.

Chelmsford...... M. Simeon Spaulding ; M. Jonathan William Austin ; M. Samuel Prham.

Sherburne....... Capt. Samuel Bullard ; M. Jonathan Leland.

Sudbury.......... M. Thomas Plimpton, Capt. Richard Heard ; M. James Mosman.

Malden.......... Capt. Ebenezer Harnden ; Capt. John Dexter.

Medford.......... M. Benjamin Hall.

Weston.......... Samuel P. Savage, esq.; Cap. Braddyl Smith ; M. Josiah Smith.

Hopkinton....... Capt. Thomas Mellen ; Capt. Roger Dench ; M. James Bellen.

Waltam.......... M. Jacob Bigelone.

Groton.......... James Prescot, esq.

Shirley.......... Capt. Francis Hrrris.

Pepperel........ Capt. William Prescot.

Stow............. Henry Gardner, esq.

Townshend...... M. Jonathan Stow ; Capt. Daniel Taylor.

Ashby........... M. Jonathan Locke ; Capt. Samuel Stone.
Stoucham........ Capt. Samuel Sprague.
Wilmington...... M. Timothy Walker.
Natick........... M. Hezekiah Broad.
Dracut.......... M. William Hildreth.
Bedford......... Deac Joseph Ballard ; John Read, esq.
Holliston........ Capt. Abner Perry.
Tewksbury....... Jonathan Brown.
Actou........... M. Josiah Hayward ; Francis Faulkner ; M. Ephraïm Hapgood.
Weslford........ Capt. Joseph Reed ; M. Zaccheus Wright.
Littleton.........M. Abel Jewett ; M. Robert Harris.
Dunstable....... John Tyng, esq.; James Tyng, esq.
Lincoln.......... Capt. Eleazer Brooks ; M. Samuel Farrar ; Capt. Abijah Pierce.

COMTÉ DE HAMSPHIRE.

Sprinfield........ Doct. Charles Pynchon ; Capt. George Pynchon ; M. Jonathan Hale, jun.
Wilbraham...... M. John Bliss.
Ludlow.......... M. Joseph Miller.
West Springfield. M. Benjamin Ely ; Doct. Chauncy Brewer.
Northampton.... Seth Pomeroy, esq. ; Hon. Joseph Hawley, esq.
Southampton..... M. Elias Lyman.
Hadley.......... M. Josiah Pierce.
South Hadley.... M. Noah Goodman.
Amherst......... M. Nathaniel Dickerson, jun.
Granby......... M. Phineas Smith.
Hatfield......... M. John Dickerson.

Whateley........ M. Oliver Graves.
Williamsburg.... (personne).
Deerfield......... M. Samuel Barnard, jun.
Greenfield....... M. Daniel Nash.
Shelburne....... M. John Taylor.
Conway......... M. Thomas French.
Westfield and *Soutwick*. Capt. John Mosely ; M. Elisa Parks.
Sunderland...... M. Israël Hubkard.
Montague....... Deac. Moses. Gunn
Brinfield........ M. Timothy Danielson.
South Brimfield.. M. Daniel Winchester.
Monson.. .... M. Abel Goodale.
Northfield....... M. Phineas Wright.
Granville....... Timothy Robinson, esq.
Newsalem...... M. William Page, jun.
Colrain....... Capt, Thomas, mc. Gee.
Belchertown..... Capt. Samuel Howe.
Ware......... M. Joseph Foster.
Murraysfield..... (personne).
Warwick........ Capt. Samuel Williams.
Charlemont...... M. Hugh Maxwell.
Ashfield......... (personne).
Wortinmgton.... Capt. Nauhm Eager.
Greenwich....... M. John Rex.
Shutesbury...... (personne).
Chesterfield...... (personne).
Norwich......... Ebenezer Meacham.
Edgecomb....... (personne).
Leverett......... (personne).
Palmer......... M. David Spear.

COMTÉ DE PLIMOUTH.

Plymouth........ Hon. James Warren, esq.; M. Isaac Lothrop.

Scituate......... Natham Cushing, esq.; M. Gideon Vinal; M. Barnabas Little.

Marhfield........ M. Nehemiah Thomas.

Middleborough... Capt. Ebenezer Sproul,

Hanwer.......... Capt. Joseph Cushing.

Rochester........ Capt. Ebenezer White.

Plympton........ M. Samuel Lucas.

Pembroke........ M. John Turner; Capt. Seth Hatch.

Abington........ Capt. Woodbridge Brown; Doct. David Jones.

Bridgewater..... Capt. Edward Mitchell; Doct. Richard Perkins.

Kingston...... . John Thomas, esq.

Duxbury........ M. George Partridge.

Halifax......... (personne .

Warcham..... . (personne).

COMTÉ DE BARNSTABLE.

Barnstable....... Daniel Davis, esq.

Sandwich........ M. Stephen Nye.

Yarmouth....... Capt. Elisha Basset.

Eastam and *Welflet*. M. Naaman Holbrook.

Harwich......... M. Benjamin Freeman.

Falmouth........ M. Moses Swift.

Chatam......... Joseph Doane.

Truro........... M. Benjamin Atkins.

COMTÉ DE BRISTOL.

Taunton......... Robert Treat Paine, esq.; Doct. David Cobb.

Rehoboth........ Capt. Thomas Carpenter; Timothy Walker, esq.

Swansey and *Shawamet* (maintenant *Somerset* depuis le 20 février 1790); Col. Andrew Cole; Capt. Levi Wheaton; Col. Jerathmiel Bowers.

Darthmouth..... Benjamin Aikin, esq.

Northon and *Mansfield*. M. Eleazer Clap.

Attleborough..... M. Ebenezer Lane; Capt. Daggett.

Dighton.......... Elnathan Walker, esq.; Doct William Baylies.

Freetown......... (personne).

Easton.......... M. Eliphalet Leonard; Capt. Zephaniah Keith.

Raynham........ M. Benjamin King.

Berkley......... (personne).

COMTÉ DE YORK.

York............ Capt. Daniel Bragdan.

Kittery.......... Charles Chauncey, esq.; Edward Cutt, esq.

Wells........... M. Ebenezer Sayer.

Berwick.......... Capt. William Gerrsih.

Biddeford......... M. James Sullivan.

Pepperrellborough (personne); (on adopta le nom de *Saco* plus tard le 25 février 1805).

Lebanon......... (personne).

Sandfort......... (personne).

Buxton.......... (personne).

COMTÉ DE DUKES.

Edgarton........ (personne).

Chilmark........ Joseph Maylew, esq

Buxton.......... M. Ranford Smith.

COMTÉ DE NANTUCKET.

Sherburn........ (personne).

COMTÉ DE WORCESTER.

Worcester....... M. Joshux Rigelow; M. Timothy Bigelow.

Lancanster....... Capt. Asa Whitcomb; Doct. William Dunsmore.

Mendon......... Joseph Dorr, esq.; M. Edward Rawson.

Brookfield....... Jedediah Foster, esq; Capt. Jedutan Baldwin; Capt. Phineas Upham.

Oxford.......... Capt. Ebenezer Learned; Doct. Alexander Campbell.

Charlton........ Capt. Jonathan Tucker.

Sutton.......... Capt. Henry King; M. Edward Putnam.

Leicester, Spencer and *Paxton*. Col. Thomas Denny; Capt. Joseph Henshaw.

Rutland......... M. Daniel Clap.

Rutland district.. M. John Mason.

Oakham......... M. Jonathan Bullard.

Hubbardston..... M. John Clark.

Westborough.... Capt. Stephen Maynard; Doct. James Hawse.

Northborough.... M. Levi Brigham.

Shrewsbury..... Hon. Artemas Ward, esq.; M. Phineas Hayward.

Limenburgh and *Fitcheburgh.* Capt. George Kimball; Capt. Abijah Stearns; Capt. David Goodridge.

Unbridge........ Capt. Joseph Reed.

Harvard......... M. Joseph Wheeler.

Bolton........... Capt. Samuel Baker; M. Ephraïm Fairbanks.

Petersham....... Capt. Ephraïm Doolittle.

Southborough.... Capt. Jonathan Ward.

Hardwick........ Capt. Paul Mandell; M. Stephen Kice.

Western......... M. Gershom Makepeace.

Sturbridge....... Capt. Timothy Pasker.

Leominster...... Thomas Legate, esq.; M. Israël Nichols.

Dudley.......... Thomas Cheney, esq.

Upton........... M. Abiel Sadler.

New Braintree... Capt. James Wood.

Holden.......... M. John Child.

Danglass........ M. Samuel Jennisson.

Grafton......... Capt. John Gaulding.

Royalston........ M. Henry Bond.

Westminster..... M. Natan Wood; M. Abner Holden.

Templeton....... M. Jonathan Baldwin.

Athol........... M. William Bigelow.

Princeton....... M. Moses Gill; Capt. Benjamin Holden.

Ashburnham.... M. Jonathan Taylor.

Winchendon... M. Moses Hale.

Woodstock....... (personne).

Northbridge.... M. Samuel Baldwin.

COMTÉ DE CUMBERLAND.

Falmouth and *Cape Elizabeth.* Cape Elizabeth. Enoch Freeman, esq.

Starborough. . . . M. Samuel March.

North Yarmouth: M. John Lewis.

Gorham. . . . . . . Salomon Lombard, esq.

Brunswick and *Harpswell*. M. Samuel Thompson.

COMTÉ DE LINCOLN (personne).

COMTÉ DE BERSHIRE.

Sheffield, *Great Barrington*, *Egremont* et *Alford*. John Fellows, esq.; Doct. William Whiting.

Stockbridge and *Weststockbridge*. M. Thomas Williams.

Tyringham. . . . . Capt. Giles Jackson.

Pittsfield. . . . . . John Brown, esq.

Richemond. . . . . (personne).

Lenox. . . . . M. John Patterson.

Becket. . . . . M. Jonathan noadsworth.

G

Gage sort du sommeil son grand état-major.

Le général Gage, gouverneur du Massachusetts, arriva à Boston le 14 mai 1774, et lorsqu'il s'embarqua en Angleterre, en septembre 1775, ce fut sir William Howe qui remplaça comme commandant en chef des troupes anglaises. (Mass. Hist., collection, 1re série, vol. ii, pages 46 et 56.)

H

d'Hancock et d'Adams comme ôtage,
Tout d'abord il s'empara.

Samuel Adams et John Hancock étaient alors les deux grands agitateurs, les favoris des fils de la liberté. Ceci était en avril 1775, pendant le second congrès provincial.

Un fait patriotique, auquel on croit que Samuel Adams et John Hancock ont participé en janvier, entre le premier et le deuxième congrès provincial, fut un meeting de patriotes à Adams Tavern à la fin duquel bon nombre d'officiers publics et militaires se mirent en rang et se dirigèrent, le général Sullivan à leur tête, sur les « Commons », où ils firent un feu de joie de toutes leurs commissions royales (life of James Sullivan by Thomas C. Amory, gén., t. I, p. 56, Boston 1859).

I

L'œil du docteur Warren suivait le général,
Voyait, écoutait tout, répandait son signal.

Le docteur Warren fut un des plus chauds patriotes, des plus ardents et des plus zélés révolutionnaires.

J

Sont des Anglais les étendards.

Il y a bien des détails qui ne peuvent trouver place dans un poëme épique qui n'a pas la prétention de faire de l'histoire et qui ne la suit que quand ça lui convient. Ainsi on ne parle pas du courage des hommes de Reading ni des renforts que lord Percy amène assez à temps pour empêcher la destruction complète du bataillon anglais On dira ici un fait historique, c'est que cette secrète expédition a coûté aux Anglais : 63 morts, 174 blessés, 26 manquants ; a coûté aux colons : 49 tués, 39 blessés, 5 manquants.

Pour de plus grands détails, voir l'*Histoire de la ville de Lexington et la Généalogie de ses familles*, par Hon. Charles Hudson, 1859.

FIN DES NOTES DU PREMIER CHANT.

Agen, Imprimerie de P. Noubel.

FRENCH WORKS OF MONS. EUGENE BARRIER.

PROSE.

Histoire du plus vieux des plus vieux Corbeaux d'Europe, d'Asie, d'Afrique, d'Amérique et d'Océanie (2d édition)	»	50
Histoire d'un Napoléon, racontée par la pièce elle-même (2d édition)	»	50
Pantogram, ou à chacun Sa Bible (1st édition)	»	25
Mystères de Californie (1st édition)	1	»
Quarante discours sur les Grands Hommes	1.	25
Un peu de tout	»	75
Pat-Kanim et Philémon ou voyage dans mes propriétés du Territoire Washington. — Poëme héroï-comique	1	»

POÉSIES.

Tribulations de Coquardeau, ses opinions sur les femmes, ses méchancetés (2d édition)	»	25
La tranche de mort, Conte (1st édition)	»	12
Coquardeau et l'âne, Conte (1st édition)	»	12
Adélaïde ou aux femmes la malice (1st édition)	«	12
La famille Coquardeau, Comédie en 3 actes et en vers (2d édition)	»	18
L'École des Jeunes gens, Comédie en 5 actes et en vers (1st édit.)	»	25

EN ANGLAIS.

Discours sur l'Esprit humain (Human mind), morceaux choisis, traduits de l'Anglais	»	80

www.ingramcontent.com/pod-product-compliance
Lightning Source LLC
Chambersburg PA
CBHW061710180626
46818CB00003B/1346

* 9 7 8 2 0 1 9 5 4 5 2 6 0 *